KB118681

나는
너의 반려동물

나는
너의 반려동물

구혜선 글 · 사진

꿈지락

Prologue

사랑이 무엇인지 나는 모르고
그것을 믿지 않는다

하지만 내가 감히
사랑했다 사랑한다 사랑할 것이다
말할 수 있는 유일한 존재는 나의 반려동물뿐이다

그리고 나 또한 너의 반려동물이 되리라 약속한다
너의 세상 끝까지 나 함께하리라 약속한다

비록 너는 나의 끝을 함께하지 못하더라도
네가 흙으로 돌아갔을 때
너를 내 두 발로 매일매일 보듬어주리라
약속한다

이 사랑
영원할 것이라 약속한다

차례

Beloved

떠나면 돌아가야지
돌아오면 떠나야지 생각하는 곳

아득한 기지

너의 안락함 속에
고요히 파묻힐
나의 무덤

우린
종일

좁은 구석에 모여
더덕더덕 붙어 있다

서로에게
아무것도 필요로 하지 않는다

진드기처럼 붙어서
그저 바람을 느끼고
냄새를 맡고
오랫동안 무언가를 골똘히 생각하다
잠이 든다

시간이 많이 지났음을 알게 된 날
더 이상 시간이 없다는 것도 알게 되었다

정신을 차리고 둘러봐도
나는 어디론가 계속 가고 있었다

일해야지
일해야지
일해야지

이번 것까지만 해야지

그러고 돌아왔는데
너는 너무 늙어 있었다
그리고
나도

이제 어디 안 가
집에 있을 거야
떠나지 않을게

너의 십 년이 나의 백 년이 된다 해도
내 모든 시간을 너에게 쓰고 싶어
너의 마지막을 지키고 싶어

고
마
워

저들이 아니면 내가 살 수 없을 거라는 두려움
혼자서는 아무것도 할 수 없을 거라는 두려움

아무리 잘해봤자
혼자가 되고 말 것이라는 두려움

그래서
내가 먼저
혼자가 되려 했어

그런 결심을 하던
그날에도
너는 나와 함께 새까만 어둠 속을
뚜벅뚜벅 걸어주었지

내 책상 밑 발이 닿는 곳은 항상 너의 자리
내 의자 위 옆구리가 닿는 곳은 항상 너의 자리
내 팔꿈치가 닿는 곳은 항상 너의 자리
내 시선이 닿는 곳은 항상 너의 자리
너는 너의 몸 어딘가를 내게 대려 하고
나는 가끔 귀찮은 마음에 너를 밀어낸다
그러거나 말거나
용감하게 또 몸을 기대고
배짱 좋게 널브러지고
꼬리를 세우고
나를 바라보는 너를
사랑한다

내가 이런 사람이란 걸 넌 몰랐겠지
네가 이런 동물이란 걸 나도 몰랐으니까

누가 누구여도 우리에겐 아무 상관이 없지
우린 서로를 공들여 고른 게 아니니까

그저
우리는 함께 살아
그리고
그 누구에게도 주지 못했던
사랑을 배우고 나누지

한
결
같
이

열심히 살았는데 억울함만 남았다
열심히 살았는데 시간을 되돌리고 싶었다
열심히 살았는데 아무것도 없었다

너만이 나를
한결같이 기다리고 있을 뿐이었다

나를 괴롭히는 근본적 불안은
시간의 부족함이다
지나가는 시간에 대한 향수다

너와 나의 남은 시간
얼마 남지 않은 우리의 시간이 불안하다

필요해요
나의 동물들을 묻을 수 있는 작은 무덤과
그들의 곁을 지킬 수 있는 작은 공간이

필요해요
영원히 그들을 그리워할 수 있는 곳이

우리에게는
영원히 살아갈 세계가 필요해요

막연히 흘러가는 시간이라도
나는 아무것도 두렵지 않아

네가 있다면
너를 지키기 위해서라면
너와 함께하기 위해서라면

낯선 골목도
무겁게 짓누르는 시간도
두렵지 않아

너에게 필요한 것은

햇살
바람
깨끗한 물
한 줌의 사료

그리고

오직
나

희미한 안개 속을
너의 목줄을 붙잡고 걸었다
하염없이 하얀 눈을 밟으며
너와 걸었다

새벽이면
어김없이
나는 너를 따라
너는 나를 따라
하염없이 걸었다

나는 희미한 안개 속을 헤맸으나
너는 확신에 찬 발걸음으로 나를 믿었다

안개가 걷히고 따스한 볕이
우리에게 다가올 것을 너는 믿고 있었다

너는 눈을 먹고 비비고
나는 너에게 눈을 던졌다

그리고 우리는
희미한 어둠 속으로 다시 걸었다
너는 나를 따라
나는 너를 따라
깊은 어둠 속으로
함께 걸었다

확신에 찬 발걸음으로

오줌을 아무 데나 싸고
날마다 너무 짖고
아무거나 씹어대서
그런 점이 불만이었다

어느 날
네가 자라고
내가 싫어하는 모든 것을 알게 되었을 무렵

너는 스스로 모든 것을 참고
나를 목 놓아 기다리며 끙끙거리다
나를 만나면 신나게 꼬리를 흔들어댄다

너는 한 마리의 개가 되어
가만히 가만히 내 곁에 있기 위한
연습을 한다

더 오래 내 곁에 있기 위해
가만히

너를 좀 더 자유롭게 해주지 못해 미안해
아무 곳에나 들어가 냄새를 맡고 오줌을 누고
어디에서든 큰 소리를 내며 바람을 가르고 뒹굴며
어느 것이든 잘근잘근 원 없이 씹어대며
더 멀리 뛰어오르지 못하게 해서 미안해

꼬리 치는 행복

너를 떠나 하루를 이틀을 보내고 돌아오면
그것이 너에게는 일 년 이 년의 기다림이었다

늦어서 미안해

너는
언제나처럼 대문 앞에 코를 박고 누워
엉덩이를 살랑살랑 흔들며
나를 용서해준다

단 한 번도 기다린 적이 없던 녀석처럼
온전히 나의 녀석처럼

네가 나보다 수명이 짧아서
너의 끝에 내가 있을 수 있어서
너를 묻어줄 수 있을 테니 다행이다

먼저 간 네 덕분에
죽음이 두렵지 않아 다행이다

오늘도 우리 편안하고 따뜻하게 잠들자고
기도할 수 있어서 다행이다

강아지는 천국에 가지 못한다는데
나도 안 갈래

그런 천국은

아주 오래전에 유자나무를 키우다
나무가 시들어 죽었을 때
단풍나무 밑에 묻어주었다

유자야
너는 지금이면 하얗고 커다란 개가 되었겠지
누구보다 늠름하고
긴 다리에
우렁찬 목소리를 가진
커다란 개가 되었을 거야
먼 훗날 너를 만나면
조금 더 오래 살도록 안아줄게

비록 네가 커다란 개가 되지 않았더라도
너의 영혼 어딘가를
만져줄게

너는 내 발에 누워 나를 올려다본다
우린 살갑게 마주 보고 또 껴안았다가
각자의 일을 한다

너에게 나는 비린내가 좋다가도 싫다
너는 내게서 나는 더한 냄새도 참아내는 녀석인데
고맙고 기특한 마음에 귀찮게 굴다가
우린 또 각자의 일을 한다

언제나 같은 세계 안에서 머물고
너를 아늑한 내 어깨 위로 올리고
함께 저무는 태양을 바라보다가
각자의 일을 한다

가끔 다른 곳을 보지만
무엇도 우리를 불안하게 하지 않는다

아
기

꼬물거리던 살구색 발바닥이
이제는 말굽처럼 딱딱한 굳은살이 되었다
이제 네가 어른이 되었다는 뜻이겠지
그러나 너는 어째서 나의 영원한 아기로 남게 되었을까

여름날

길을 떠난 무더운 여름날
너를 차에 싣고 나는 정처 없이 달렸다

차에서 내려 마구 뛰어가자
너는 숨을 헐떡이며 따라오고
갑자기 내린 비를 맞으며 우리는 정처 없이 달렸다

차가운 비에 온몸이 젖고
서로의 이름을 부르며 정처 없이 달렸다

자유로웠다

아무것도 없어도 좋았다
무엇이 되지 않아도 되었다
좋았다
나와 너라서 좋았다

새

네가 날아오르는 꿈을 꾸었다

너의 등 뒤에 내가 올라타자
너의 귀는 한없이 부풀어 올라 풍선이 된다
우거진 갈대 사이를 숨었다 뛰어올랐다 하는 노루 떼 근처에서
우리는 숨죽여 날아오르고 숨어버린다

나는 늘 그런 꿈을 꾼다
우리가 함께 가슴 설레며
갈대 숲속 새가 되는 꿈을

세상 그 어떤 존재보다
신뢰하는
너

너는 내가 어떤 모습이 되어도
나의 팔 다리 눈 귀 코가 되어줄 테지

내가 쓸모없는 인간이 되어도
나를 버리지 않을 테니까

내 곁에 있어줄 너니까

작은 너를 위해 천천히 일어나
작은 너를 위해 천천히 걷고
작은 너를 위해 천천히 무릎을 꿇어
작은 너를 천천히 쓰다듬는다

연애를 할 때면
돌아서는
아쉬움이 없어 좋았다
때가 되면
새끼들 밥을 줘야 했기에
집으로 돌아오는 것이 좋았다

전에는
미련 많은 성격이라
돌아서는 것에
아쉬움이 많았던 나인데
새끼들이 생기고 난 이후부터
때가 되면
그리움 가득한 마음으로
집으로 돌아오니 좋았다

누군가와
헤어짐에
아쉬움이 없어 좋았다

너로 인해
행복을 알게 되어
나는 이렇게 살 수가 있었다

집 좀
예쁘게 치우고 살아
예쁘게 꾸미고 살아
잔소리를 한다

근데 엄마
여긴 내 집이 아니라
개집에 내가 사는 거야

옷
장

내 옷장은 간소한 편이다
계절을 맞이하는 몇 벌의 옷

작은 장 하나에
내 옷은 삼 분의 일
남은 공간은
너희의 여러 가지

털이 잘 달라붙는 소재는 안 돼요

검은색은 안 돼요

니트는 안 돼요
아이의 발톱이 끼어
니트도 아프고
나도 아프고
아이도 아파서 안 돼요

짧은 길이는 안 돼요
우리끼리 반기다가
긁히고 상처가 나서 안 돼요

오늘도
신중하게 회색 옷을 골라
겸허히 입는다

아무것도 바라지 않는 마음으로
너를 안을 수 있게

아무 치장도 없이

봄이 올 때까지만이야

이불 안에 돌돌 감겨
서로의 냄새를 맡고
발가락을 꼼지락거리며
입을 맞추는 건

봄이 올 때까지만이야
겨울잠을 잘 때까지만이야

아이들이 말한다

"엄마, 꼬리는 만지지 말아줘."

나는 말한다

"그래, 물지 말아줘."

우리 오랫동안
사이좋게 지내자

우리 집 막내 녀석은
깨물어주고 싶을 때가 너무 많아서
나는 아무도 보지 않을 때
그 녀석의 어딘가를 잘근잘근 씹기도 한다

막내는 냄새까지 귀여워서
나는 녀석의 온몸을 코로 훑어가며
그 작은 발바닥 위까지 킁킁킁킁
콧노래를 부른다

군
고
구
마

오븐에 이십오 분 고구마를 가열하면
고구마 칠백 그램이 군고구마가 되어
세상에 나온다

내가 한입 베어 물기도 전에
너는 온 세상을 다 잃은 가여운 눈동자로
나를 보면
그만 군고구마를 모두 너에게 주고
남은 껍데기 냄새만 맡는다

엄마는 원래 고구마 안 좋아해
엄마는 원래 껍데기 좋아해

우리 또 이사 가
좋겠지
새롭지
신나지
다시 시작하려니

이전보다 더 나아질 거란 믿음으로
남은 여정을
우리 함께

또 이사 가

준
비

이사를 가려고
차곡차곡 박스를 쌓아두면

천진난만 세 마리 고양이들은
혹여나 가는 길을 잃을까
박스 어딘가에 몸을 숨기고

예민한 두 마리 작은 개들은
혹여나 가는 길을 잃을까
다리를 들어 박스에 영역을 표시하고

덩치 좋은 한 마리 커다란 개는
혹여나 가는 길을 잃을까
박스 한쪽에 몸을 붙이고 잠을 청한다

윽박을 지르는 것이 교육이라 생각하던 때가 있었는데
아무 말 없이 너의 뒤처리를 해주는 것이
오랫동안 너를 기다려주는 것이
참된 훈육이라는 것을
이제야
알게 되었다

순 찬
간 란
　 했
　 던

너는 코를 골았고
나는 꿈을 꾸었지

무의식 속에서 우리는
찬란한 빛을 향해
걸어가고 있어

잘 잤어?
또 만났네

찬란했던 우리의 그 순간은
여전히 이 아침에도 계속되고 있어

나에게는 나만이 들어갈 수 있는
공허함이라는 상자가 하나 있다
그런데 어느 날 갑자기
네가 그곳에 들어와
꼬리를 흔드는 바람에
나는 그만 흔들리고 말았다

나에게는 나만이 들어갈 수 있는
허무함이라는 상자가 하나 있다
그런데 어느 날 갑자기
네가 그곳에 들어와
꼬리를 흔드는 바람에
나는 그만 흔들리고 말았다

나는
비좁은 상자에서 빠져나와

웅크리고 자는 너를 바라보았다
그리고
너는 나에게 무엇일까 생각해보았다

너는
나만이 들어갈 수 있는 고독의 상자도
마다하지 않는
그 무엇

나의 온 세계이자
우주라는 것을
알게 되었다

넌 내가 뭘 먹을 때 너무 쳐다봐
나는 구석에 들어가 소리 없이 먹어야 하나 봐

가끔씩
한편으론
이 상황이 너무 이상하지만

괜찮아
귀여워
사랑해

네가 삼 개월 만에 커다란 소가 되어버려서
내가 더 이상 안을 수 없게 되었어

너의 발바닥을 붙잡고
너의 이마에 입을 맞추고
너의 등 뒤에
나의 전부를 기대게 되었지

한시도 고요히 있지 못하던 너는
어느새 고요히 나를 들여다보는 무엇인가로 자라나
나에게 사랑한다 사랑한다 말을 하네

내가 고요히 너를 보자
너도 고요히 나를 들여다보네
나의 모든 것을 고요히 들여다보네

너와 이별하면
나는 이제 누구의 등에 기대
온 진심과
흐트러진 정신과
발가벗겨진 기분을 토로할 수 있을까

나의 모든 것을 들켜도 상관없는 동물은
이 우주 안에 오직 너뿐인 것을

이 세상 그 누가
내 외로운 마음에 들어와
나와 함께할 수 있을까

오로지 너만이
오직 너만이
나를 안아줄 수 있는 존재인 것을

왜 코를 씰룩씰룩거려
귀엽게
괴롭히고 싶게

댕굴댕굴
댕구르르

핑굴핑굴
핑구르르

내던지는 공을 향해
너는 공중을 반 바퀴 돌았다가
물어 와

딩굴딩굴
딩구르르

다시 시작하자며
나에게 달려와
전한다

우리 마치
처음 만난 친구가 된 것 같아

낙엽을 주워 먹는 너를
그냥 두었다

모서리를 갉아 먹는 너를
그냥 두었다

나를 핥는 너를
그냥 두었다

너는 고독한 미식가이기에

인
사
해

우리 오늘도 인사해
만나서 반갑다고
인사해

120

지친 나를 아주 많이 귀찮게 하는 너를
나도 내일 아주 많이 귀찮게 하리라

너의 귀에
내 마음을 낭독한다

어제의 후회와
오늘의 들뜬 감정과
내일의 기대에 관해

너의 귀에다
내 마음을 낭독한다

너 말고는
아무도 모르도록

누군가 내게 여행을 좋아하냐 물으면
싫어한다고 말했다

너와의 일상을 여행하는 중이라
정말 어디에도 갈 겨를이 없었으니까

우리는
집이라는
비행기를 타고
어린 시절로 돌아가는 여정 중이었기에

나는
정말로 다른 종류의 여행을 좋아할
겨를이 없었으니까

너의 표정을 읽을 수 있어
너의 표정을 기억할 수 있어
수백 마리의 네 친구들이 나타나더라도
단 하나의 너를 찾을 수 있어
나는 너의 표정을 알 수 있어

밥그릇에
너의 저녁을 담아주며
나는
아무 말을 한다

너는
내가 하는 말의 의미를
전부 알 수는 없기에
무슨 소리냐고 되묻지 않는다

그저 들어주다
밥 한 번 먹다
나를 한 번 보다
다시 경청하고
가만히 눈을 맞춰준다

네가 나의 무릎 위에 올라와 자기에
움직이지 못했다

네가 나의 손등 위에 기대어 자기에
움직이지 못했다

네가 나의 가랑이 사이로 들어와 자기에
움직이지 못했다

내가 너의 베개가 되어버려
움직이지 못했다

"편히 자."

다리가 저리는 것쯤이야
너를 위해 견딜 수 있어

화장실도 참아내고 있는걸

할 말을 잃었다
어느 우주에서 온 녀석일까
몽실 구름 같은 너를
겨드랑이 한쪽에 끼워
팔꿈치로 흔들어도 보고
통통한 배를 문질러도 보았다

밥을 주자
온몸을 밥통에 파묻는 너를 보고
또다시 할 말을 잃었다

네가 죽을 듯 힘을 줘
응아를 하는 것까지도
나는 한참을 지켜보았다
나는 할 말을 잃었다
나의 입술은 바짝 말라버렸다

사랑에 빠졌다

나│네│
  │가│
  │없│
  │는│

네가 없는 나는 아무 의미가 없어
네가 없는 나는 아무것도 없어

복
숭
아
나
무

그대는 나의 작은 복숭아나무
영원히 사랑을 한다네
그대는 나의 작은 복숭아나무
영원히 우리를 사랑해

내 쉴 곳은 어디 있나 울지 마요
나의 사랑은 여기에
밝은 달이 머리 위를 감싸 안죠
나의 작은 복숭아여

그대는 나의 작은 이 맘을 알까
사랑해 만질 수 없을까
그대는 나의 작은 이 몸을 알까
미안해 만질 수 없을까

내 쉴 곳은 어디 있나 울지 마요

나의 사랑은 여기에
밝은 달이 머리 위를 밝혀주죠
나의 작은 복숭아여

나
의
길

나의 길을 걷겠다

비겁하지 않겠다
아늑하겠다

이상하겠다

그리고
너와 함께 가겠다

우리가 만난 이 시간
우리가 살아온 날들
계절의 추억이 달콤달콤
내 눈앞에 녹아내려요

우리가 만난 이 순간을 기억해줘
우리가 사랑한 날들
당신의 이름이 달콤달콤
내 가슴에 녹아내려요

촉촉이 고요히 아른아른
아름다움에 달콤달콤
그댄 영원한 사랑
그댄 영원한 기억
나의 인생을 밝혀주죠
나의 인생을 채우죠

＊ 단편영화 〈기억의 조각들〉 OST 중에서.

서
로
에
게

나는 너의 포근한 이불이 되어주고
너는 나의 따뜻한 난로가 되어준다

集
으
로

집으로 가자
우리의 집으로 가자

집으로 가자

이 시간이 부서지기 전에
너와 나의
집으로 가자

우리의 모든 것이 존재하는
그곳으로 가자

집으로 가자

우리 집으로 가자

150

나는 너의 반려동물

ⓒ 구혜선, 2019

초판 1쇄 발행일   2019년 10월 1일
초판 2쇄 발행일   2019년 10월 2일

지은이   구혜선
펴낸이   정은영
기획편집   고은주 정사라 한지희
디자인   이선희 한수영
마케팅   이재욱 백민열 하재희 한지혜
제작   홍동근

펴낸곳   꿈지락
출판등록   2001년 11월 28일 제2001-000259호
주소   04047 서울시 마포구 양화로6길 49
전화   편집부 (02)324-2347, 경영지원부 (02)325-6047
팩스   편집부 (02)324-2348, 경영지원부 (02)2648-1311
이메일   spacenote@jamobook.com

ISBN 978-89-544-4002-8 (03810)

이 도서의 국립중앙도서관 출판시도서목록(CIP)은 서지정보유통지원시스템 홈페이지
(http://seoji.nl.go.kr)와 국가자료공동목록시스템(http://www.nl.go.kr/kolisnet)에서
이용하실 수 있습니다.(CIP제어번호: CIP2019031270)